FONTAINEBLEAU

SOUS LE ROI DES FRANÇAIS

LOUIS - PHILIPPE IER.

FONTAINEBLEAU,

SOUS LE ROI DES FRANÇAIS

LOUIS - PHILIPPE IER,

OU

COMPTE RENDU

DES PRINCIPALES ADDITIONS ET RESTAURATIONS FAITES DEPUIS

LE MOIS DE NOVEMBRE 1833, JUSQU'A CE JOUR,

DANS LE PALAIS DE FONTAINEBLEAU ;

par E. Jamin,

AUTEUR D'UNE NOTICE HISTORIQUE ET DESCRIPTIVE
SUR CETTE RÉSIDENCE ROYALE.

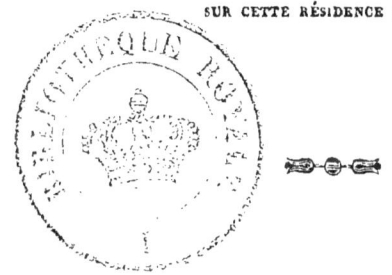

FONTAINEBLEAU,

Chez E. JACQUIN, imprimeur-éditeur, rue Basse, 5.

PARIS,

Chez DELAUNAY, libraire, au Palais-Royal.

———

MDCCCXXXV.

A Monsieur le Comte De Montalivet,

Pair de France, Intendant-Général de de la Liste Civile.

MONSIEUR LE COMTE,

Vous avez eu la bonté d'applaudir à l'idée d'un compte rendu des principales additions et restaurations faites, depuis la fin de 1833, jusqu'à ce jour, au Palais de Fontaine-bleau par les ordres de Sa Majesté le Roi des Français.

Concourant par vos lumières personnelles à la grande œuvre de la régénération de cette royale demeure, et associé par la nature même de vos importantes fonctions à la haute pensée qui y préside, je ne puis mieux placer cet Opuscule que sous vos auspices.

Daignez donc en accueillir la dédicace, et agréer en même temps l'assurance des sentimens très-respectueux avec lesquels

J'ai l'honneur d'être,

Monsieur le Comte,

Votre très-humble et obéissant Serviteur,

E. Jamin,

Commis à la Conciergerie du Palais, et à la Régie du Domaine de Fontainebleau.

FONTAINEBLEAU

SOUS

LOUIS-PHILIPPE IER,

ROI DES FRANÇAIS.

FONTAINEBLEAU

SOUS LE ROI DES FRANÇAIS

LOUIS - PHILIPPE Iᵉʳ.

———❦———

Le but que je me suis proposé, en composant, il y a environ quinze mois, une Notice historique et descriptive sur Fontainebleau, ne me paraîtrait pas complètement atteint, si, après avoir esquissé le tableau impartial des événemens les plus importans dont cette ville, son Palais et ses murs furent, à diverses époques, le théâtre et les muets témoins, je ne consacrais aujourd'hui quelques pages à des faits bien propres à faire apprécier la haute pensée qui préside depuis 1832 à la renovation de cette Maison royale.

Demeure favorite de François Iᵉʳ et de Henri IV, berceau de Louis XIII, brillant écueil où de nos

jours est venue se briser la plus grande gloire mi-
litaire des temps modernes, le Palais de Fontainebleau n'avait fait, sous la Restauration, que traî-
ner, pour ainsi dire, une existence sans mouvement et sans éclat.

Simple rendez-vous de chasse, de loin à loin
visité par des Princes jaloux peut-être de la
brillante auréole de gloire dont naguères il était
entouré, il ne s'ouvrait plus qu'aux curieux, attirés
par la mémoire récente des adieux du grand
capitaine.

Une ère nouvelle a surgi tout-à-coup pour lui
rendre son ancienne splendeur. Un Monarque
éclairé, digne appréciateur des arts qu'il cultive et
qu'il aime, ne tarda pas, en montant sur le trône,
à comprendre les besoins d'une industrie souf-
frante, et les immenses travaux nécessités par le
long délaissement d'un Palais si riche de traditions
et de souvenirs.

Le 2 juillet 1831 fut une journée précieuse pour
Fontainebleau. Après avoir passé en revue la Garde
nationale de l'Arrondissement, forte de vingt mille
hommes spontanément rassemblés, le Roi des
Français rentra dans ses appartemens, et fit déployer sous ses yeux les plans et les cartes de cette
résidence royale.

L'histoire fut consultée, les monumens furent étudiés, les âges refeuilletés ; et, dès ce moment, l'architecte, le peintre, le sculpteur, eurent ordre d'achever ce que les siècles avaient laissé incomplet, et de réparer ce qu'ils avaient détruit ou effacé. Bientôt la pierre, le marbre, le plâtre, reçurent des formes nouvelles ou rajeunies.

Louis - Philippe revint à Fontainebleau, le 21 septembre 1833, accompagné de sa Famille et suivi d'un cortège assez nombreux. Alors, malgré l'importance de ses travaux politiques et l'activité des fêtes qu'il offrit à la population, il voulut, avant d'ordonner la complète exécution de ses projets de reconstruction et d'embellissement, parcourir le Palais en tous sens, en examiner les formes, le mouvement, et descendre dans les plus minutieux détails : rien ne put échapper à son investigation..... Peintures, dorures, écussons, chapiteaux, corniches, il n'y eut pas un fronton, pas un chiffre, pas un escalier, pas un corridor, dont le Roi ne prescrivît le complément ou la réparation ; moins jaloux d'ajouter à la masse immense de cet édifice que de l'embellir, d'en restaurer les ruines, et d'associer son nom à toutes les renommées qu'il rappelle.

C'est ainsi que, pendant une représentation de

l'opéra du *Pré aux Clercs*, on vit S. M., parcourant des yeux le théâtre qui lui paraissait d'une dimension mesquine, s'occuper des moyens d'y réunir un plus grand nombre de spectateurs... C'est au milieu d'un concert, que fut décidée la restauration de cette magnifique Galerie de HENRI II, sur les murs de laquelle mille bougies enflammées laissaient entrevoir à peine les imperceptibles vestiges de la palette du Primatice. Pour compléter l'ensemble de ces belles productions de la Renaissance, les fresques de l'Escalier du Roi (ancienne chambre dite d'Alexandre), celles de la Porte-Dorée, ainsi que les belles décorations de la Salle des Gardes, doivent renaître, animées du coloris des âges qu'elles rappellent et des époques qu'elles représentent.

Enfin, de nouveaux moyens de circulation seront affectés à de nouveaux services; un passage souterrain, pratiqué de la Cour Ovale à celle des Cuisines; d'autres entrées, d'autres issues ouvertes; et, sans altérer en rien l'architecture ou la solidité des bâtimens, les communications déjà existantes seront rendues plus complètes et plus faciles.

Au mois de novembre de la même année, plus de cinq cents ouvriers furent répartis sur la vaste surface de la Royale habitation : le Palais devint un chantier, et le sol de ses cours fut livré à la pioche du terrassier.

De ce désordre surgissent, comme par enchantement, d'ingénieuses combinaisons, d'utiles travaux, que le Roi Louis-Philippe vient incognito visiter afin de stimuler le zèle des chefs, l'ardeur des ouvriers, et de constater la fidèle exécution de ses projets.

Aussi, après dix mois d'un travail incessant, commençaient à revivre, sous l'habile pinceau de MM. Alaux, Picot et Abel de Pujol, avec tout l'éclat de la composition et la fraîcheur du coloris, les belles peintures de la Salle de Henri II, de la Porte-Dorée et de la Chambre d'Alexandre, lorsque, le 23 septembre 1834, le Roi des Français descendit dans cette même cour du Cheval-Blanc, humide encore des pleurs de nos héroïques phalanges, et passa en revue la Garde nationale, ainsi que la troupe de ligne, rangées en bataille au pied du grand Escalier.

Que les temps étaient changés! Vingt ans auparavant, à la même place, le deuil de la patrie! Aujourd'hui, un voyage, des fêtes dont la mémoire des habitans de Fontainebleau conservera le fidèle souvenir. Jamais, depuis les beaux jours de

l'Empire, le déplacement de la Cour ne s'était
montré avec autant de grandeur, de luxe, de di-
gnité royale. Tous les Ministres furent du voyage,
et le Roi, au milieu de son cortège, comptait
les Ambassadeurs des grandes Puissances de l'Europe.

Quinze jours suffirent à peine pour les dispo-
sitions locales, tant le choix des personnages fut
important, le nombre des invitations considéra-
ble, le matériel des intermèdes et des plaisirs
varié!

Qui n'a lu, avec une espèce d'éblouissement, la
description des fêtes, des cérémonies et des pom-
pes des anciennes Cours? Il y avait profusion, pro-
digalité, magnificence; mais la superstitieuse distinction des rangs y était scrupuleusement gardée;
une seule classe de la société y était appelée.... aujourd'hui, rien de pareil..... Quoi de plus noble,
et en même temps de plus digne d'une nation
libre, que cette fusion de hautes notabilités étran-
gères et françaises, d'artistes, de militaires, de
magistrats, de simples citoyens, de modestes gardes nationaux prenant part à toutes les fêtes royales! Elles se succédèrent, pendant huit jours, avec
un ordre parfait et une libéralité de bon goût, que
rehaussaient encore la simplicité des manières et
l'absence d'une gênante étiquette.

Les premiers théâtres de Paris furent appelés à payer leur tribut à ces fêtes, qu'on pourrait appeler nationales. La Comédie française y reparut, sous les traits de Mlle Mars, pleine de verve et de grâce, comme aux beaux jours de Célimène... Le Gymnase dramatique, à son tour, dans les scènes de la *Lectrice*, vint faire couler de douces larmes.... Dans le *Chalet*, *Un Caprice de Femme*, le *Philtre*, l'Opéra-Comique et l'Opéra français firent entendre leurs mélodies gracieuses, leurs chants légers et faciles... Plus savante, l'Ecole italienne vint déployer sa parfaite exécution et sa large méthode; les délicieux accens de ses premiers virtuoses excitèrent, pendant trois heures, une admiration que trahirent tour à tour les murmures et le silence du brillant auditoire.

Ce n'était pas tout encore : la Galerie de Henri II fut en un clin-d'œil transformée en une riche Salle de Bal, où Tolbec fit résonner les accords de ses joyeux instrumens. Le plaisir, sans contrainte, étincelait sur tous les visages.... Ce fut une soirée délicieuse.

En circulant au milieu des groupes, le Roi Louis-Philippe se recueillait avec bonheur, contemplait cette Renaissance dont il avait eu l'heureuse idée; et voyait fuir à regret les derniers instans marqués comme terme de cet intéressant voyage, consacré au culte des beaux-arts. En partant, il méditait encore, il ordonnait de nouvelles améliorations, d'autres embellissemens qui doivent faire sous peu d'années, de Fontainebleau, l'une des plus magnifiques résidences royales de l'Europe.

Je m'arrête, réservant pour la partie descriptive le compte-rendu de ces différentes additions ou restaurations si bien entendues, si artistement exécutées; et je termine l'analyse succincte des faits accomplis depuis 1830 par une considération que je ne crois pas hors de propos.

Si les travaux, qui depuis deux ans s'exécutent dans ce Palais, que NAPOLÉON semblait de loin préparer pour en faire le séjour de sa vieillesse, envisagés sous le point de vue des arts, doivent intéresser tout homme accessible aux idées du beau, ils doivent plaire aussi à l'ami de l'humanité; car ils assurent de l'emploi et du pain à cette population pauvre de Fontainebleau, jetée sur un sol aride ou couvert de bois, et qui, dans une ville sans industrie, n'a d'autre ressource que son travail manuel. Aussi, cette classe laborieuse bénit-elle le Prince dont elle tient une existence assurée et honorable, en même temps qu'elle est fière de travailler sous ses auspices au rétablissement d'un édifice, véritable monument national destiné à perpétuer, parmi tant de nobles souvenirs, celui de tous les efforts tentés par LOUIS-PHILIPPE pour la gloire et le bonheur de cette France, qui, en 1830, lui décerna avec tant de spontanéité la plus belle couronne de l'Univers.

CHAPELLE DE SAINT-SATURNIN.

Elle est située au rez-de-chaussée de la Cour Ovale, entre le Pavillon des Dauphins et la Salle d'Attente ou de LOUIS-PHILIPPE : c'est la plus ancienne église du Palais, mais il ne reste de son origine que la charte de sa consécration par Saint-Thomas, archevêque de Cantorbéry, qui bénit dans le même temps l'église de la petite ville de Moret. Tombée en ruines, la Chapelle de Saint-Saturnin fut reconstruite sous FRANÇOIS Ier, dans la forme et le style que nous lui voyons encore aujourd'hui; mais c'est seulement sous Louis XIII qu'elle reçut les ornemens dorés dont on admire la belle conservation.

Depuis bien long-temps elle n'était plus affectée au culte, et servait tour à tour de magasin, de salle d'adjudication, de salle à manger. C'est au

roi LOUIS - PHILIPPE que la restauration en est
due, c'est lui qui l'a fait rendre à sa première
destination. Rien n'a été changé dans son architecture; sa disposition intérieure a subi seulement une modification très-importante et de bon
goût. Une tribune y a été ajoutée au-dessus de la
porte d'entrée. La boiserie du fond a été reportée
en avant, et un couloir de communication à droite
et à gauche a été pratiqué. Cette tribune, destinée
à la famille royale, est surmontée d'une grille
en fer à moulures dorées. Quant à la voussure,
ses ornemens bien conservés sont tout-à-fait de
l'époque de LOUIS XIII; aucune restauration n'y
a été faite, la boiserie seulement a reçu quelques
emblêmes nouveaux, et des dorures ont été restaurées ou rétablies entièrement. Enfin, il ne
manque plus à cette Chapelle, pour lui rendre
son premier éclat, que des vitraux de couleurs
aux croisées; ce complément de décoration est,
dit-on, en projet...........

SALLE D'ATTENTE,

OU

DE LOUIS-PHILIPPE.

J'ai à rendre compte ici de la restauration

d'une Salle faite sous nos yeux, et qui, par conséquent, peut être considérée comme une création. Je pense donc que le nom de son auguste fondateur, est le seul qu'elle puisse porter.

Il n'y a pas encore deux ans que, sous la partie gauche de la Cour Ovale, dans une pierre de grès formant saillie, au-dessus d'une porte vitrée établie dans une des baies du rez-de-chaussée on lisait le mot *Conciergerie*, écrit en gros caractères. C'était-là qu'habitait celui à qui la conservation du Palais et le soin important de son entretien sont confiés.

Dans la vaste enceinte d'une Salle bâtie sous François Ier, et destinée à l'établissement d'un Musée de Statues moulées d'après l'antique, des appartemens d'une forme et d'un arrangement bizarres furent disposés, sous Louis XIV, pour loger la maison du Dauphin. Voulant, autant que possible, remettre le Palais de Fontainebleau dans son état primitif, le roi Louis-Philippe porta plus particulièrement ses regards sur cette partie centrale de la royale demeure, et décida la destruction de chambres informes, sombres et de mauvais goût.

La grande Salle du rez-de-chaussée de la Cour Ovale était le *pendant* de celle de HENRI II, quant à la dimension et à la disposition architecturale. Les plans et leur *mise* à exécution, ouvrage d'un modeste architecte français dont le nom n'est pas venu jusqu'à nous, quoique vivement critiqué par Serlio qui lui a donné ironiquement le titre de *Maçon*, sont jugés par les hommes de l'art comme bien supérieurs à ceux du savant Italien, son rival.

Située au-dessous de la galerie de HENRI II, la grande Salle de la Cour Ovale avait quatre-vingt-huit pieds de longueur sur une largeur de trente, en dehors des baies et arcades. Elles sont au nombre de cinq dans chaque partie latérale, ayant chacune une grande croisée; la lumière du jour venait donc également du côté du Parterre et de la Cour Ovale.

La hauteur de cette pièce était loin d'être en rapport avec son étendue, ce qui la faisait paraître immense, écrasée, et tout-à-fait disproportionnée; l'oubli dans lequel elle est restée au milieu des riches salons qui rappellent la magnificence de nos Rois, se trouve par là justifié.

En faisant rétablir la Salle que nous décri-

vons, et en lui donnant les proportions que
nous lui voyons aujourd'hui, le roi Louis-Philippe
a voulu la rendre parfaitement régulière : sa
longueur est la même; elle a seulement perdu
six pieds dans sa largeur; ils ont été avanta-
geusement utilisés pour continuer le corridor
de communication, au moyen duquel on pourra
se rendre à couvert d'un point du Palais à l'autre.
Cette nouvelle Salle remarquable par la sévérité
de son architecture, est ornée de huit colonnes
sur chaque face latérale, et de quatre à chaque
extrémité. Elle tire ses jours seulement du
côté du Parterre, par cinq croisées pratiquées
dans les baies dont nous avons parlé ; quatre
entrées y donnent accès : la principale est en face
de la cheminée et conduit à la Porte-Dorée,
les trois autres ont leur issue sur le couloir de
la Cour Ovale; elles font face aux arcades, et
correspondent à des portes vitrées qui viennent
d'être ouvertes sur cette cour.

Les ornemens de la Salle de Louis-Philippe,
sont du style de la Renaissance. La disposition du
Plafond a été commandée par celle des poutres
qu'il a fallu appuyer sur des colonnes d'ordre
dorique. Des glaces d'une grande dimension
sont posées entre ces colonnes : elles répéteront

la lumière jaillissant des lustres suspendus aux soffites du plafond ; le soubassement sert de piédestal aux colonnes : l'espace du bas est rempli par un buffet, cette belle pièce devant, au besoin, servir de salle-à-manger. La cheminée se compose d'un chambranle en marbre vert d'Egypte, tiré des magasins de Versailles ; il est surmonté d'une glace avec encadrement orné de guirlandes, mais elle n'est que provisoire et doit être remplacée par un bas-relief. En face de la cheminée, au-dessus de la porte principale, dans un fronton couvert de décors, un ovale a été ménagé pour recevoir le buste de Sa Majesté Louis-Philippe, qui a eu l'heureuse idée d'harmoniser toutes les pièces comprises dans cette partie du Palais, véritable Musée échappé, comme par miracle, à la destruction du temps.

GALERIE,

ou

SALLE DE HENRI II.

Celui qui n'ayant pas vu, depuis deux ans, la Galerie de HENRI II, la reverrait aujourd'hui, serait saisi d'étonnement et d'admiration ; il aurait assurément peine à en croire ses yeux. C'est qu'à cette époque elle ressemblait à une de ces vieilles ruines qui n'ont rien de beau que les souvenirs qu'elles rappellent. Le plafond, si remarquable et si riche en même temps, était sur le point de s'écrouler, et menaçait d'écraser sous ses décombres ses curieux admirateurs. Les lambris étaient vermoulus. Cette belle cheminée, dont l'élégance est au-dessus de tout ce qu'on peut voir en ce genre, avait perdu toute sa magnificence, tout son éclat; ce n'était plus qu'un squelette dont la stature rappelait une de ces existences fortes et vigoureuses des temps anciens. Mais tout cela n'était rien encore : les fresques qui se déroulent dans cette vaste enceinte; ces peintures, ouvrage du célèbre Primatice et de Nicolo, son élève et son ami; ces tableaux, expression d'idées si bizarres, si bien frappés au coin du style de la Renaissance, étaient presqu'entièrement effacés; dans plus de la moitié de la pièce il n'en restait aucune trace; dans l'autre partie, l'œil saisissait à peine quelques traits, quelques membres épars, quelques vestiges de trophées; et ces murs, aujourd'hui si brillans d'une nouvelle jeunesse, ressemblaient à ces champs de bataille que l'on visite avec recueillement, et sur lesquels on ne retrouve

2

plus que des débris d'armures ou quelques restes mortels, tristes images des désastres de la guerre.

Entreprendre de faire revivre ces ouvrages d'une conception gigantesque, était l'œuvre d'une haute intelligence ; le Roi Louis-Philippe l'a entrepris, et la postérité lui en tiendra compte : c'est lui qui aura rendu à la France le livre historique le plus remarquable du 16.ᵉ siècle, et le monument qui en fait connaître le mieux l'esprit et le caractère. Scrupuleux conservateur de tout ce qui existait, il n'a pas permis la moindre innovation ; il a ordonné que toutes les peintures fussent ou restaurées ou refaites telles qu'elles étaient autrefois. Autant cette idée est grande et pleine de noblesse, autant la tâche était difficile. Ce travail, confié à la fin de 1833 à M. Alaux, ne fut commencé qu'en 1834.

Aujourd'hui qu'il est arrivé au point de pouvoir déjà permettre d'en juger l'effet, on doit dire à la louange de l'artiste, qu'il a rempli complétement sa mission, et que, sans être créateur, il aura honorablement inscrit son nom à côté de celui du peintre dont la science fut si bien appréciée de François I.ᵉʳ et de Henri II.

Des difficultés sans nombre ont dû être sur-

montées ; non - seulement il fallait recréer
les peintures qui avaient disparues dans plus
de la moitié de la Salle, car dans beaucoup
d'endroits l'enduit ou le mortier était tombé,
le grès restait à nud. Dans les autres parties,
les fresques présentaient l'aspect de ces vieilles
tapisseries rongées par les vers et presqu'entièrement décolorées par le temps. Toutes ces
difficultés, M. Álaux les a vaincues. Au moyen
d'estampes ou de copies, et de descriptions bien
étudiées, les peintures de la Salle de Henri II
reparaissent aujourd'hui avec le même caractère,
les mêmes nuances, le même coloris qu'elles
eurent dans leur origine; et si le Primatice re-
venait parmi nous, il ne les désavouerait pas.

La Peinture à fresque se fait, comme chacun
sait, sur un enduit frais composé de chaux et
de sable. Les couleurs y sont appliquées im-
médiatement et acquièrent, en séchant avec
cet enduit, une solidité qui les rend inalté-
rables. Ces observations ont été faites en Italie,
cette contrée de la belle peinture, cette terre
classique si riche en monumens qui rappellent
les beaux jours des Arts et de la Poésie. A
Fontainebleau, les peintures à fresque n'ont
pas eu jusqu'à présent une longue durée. Quelle

en est la cause ? Nous ne sommes pas aptes à la juger, et nous laissons aux hommes de l'art le soin de la rechercher; c'est leur affaire. Mais ce qu'il y a de certain, ce qui ne peut être révoqué en doute, c'est que sous HENRI IV déjà, il fallut restaurer une grande partie des tableaux de la Galerie de HENRI II. Cette restauration mal conçue et plus mal exécutée encore, n'a pas réussi comme on aura pu aisément le vérifier.

Instruit par cette première expérience dont il s'était rendu compte, M. Alaux résolut d'adopter un mode de restauration qui, sans ôter à la fresque le ton blond et transparent qui lui est propre, a permis de marier les peintures nouvelles avec celles qui, n'étant que ternies, ont reparu sous les réchaux de l'ouvrier. Ce mode, c'est le procédé à l'encaustique, connu des anciens, employé par eux et exhumé des cendres de Pompéï et d'Herculanum par un ami des beaux-arts, M. Paillot de Montabert, qui a mis, sous les yeux du public, le fruit de ses travaux dans un livre rempli de recherches aussi ingénieuses que bien raisonnées.

D'après les documens fournis par ce savant observateur , M. Alaux a fait mettre en œuvre ce vieux procédé; il a parfaitement réussi. Quelques couches de cire étendues sur toute la surface des tableaux (y compris l'enduit neuf), chauffées ensuite au moyen de réchaux établis exprès, ont eu pour résultat de faire ressortir les parties décolorées; et la cire mélangée avec les couleurs n'a pas peu contribué en même temps à donner une uniformité parfaite à tout cet ensemble, et à laisser aux peintures anciennes et nouvelles le caractère et le ton de la véritable fresque.

Ce procédé , appliqué par M. Picot à la Porte-Dorée, par M. Abel de Pujol dans l'Escalier du Roi, et par M. Mœnch à la riche Cheminée d'un des Salons de Réception , adopté ensuite pour la Salle d'Attente et plusieurs autres pièces, aura, nous l'espérons, l'inappréciable avantage de conserver au Palais de Fontainebleau les belles productions de la Renaissance, en même temps qu'il offre à l'œil de l'amateur, une nuance de coloris plus nette et plus pure que celle produite par l'emploi de l'huile dans la peinture de bâtiment.

DESCRIPTION.

Huit grands Tableaux représentant diverses

fictions poétiques, remplissent les dessus des trémeaux, et se lient ensemble par des cartouches ornés des chiffres de HENRI II et de DIANE DE VALENTINOIS, que supportent des enfans.

La description suivante est en grande partie extraite du père Dan, le plus ancien des historiographes de Fontainebleau.

Le premier Tableau, en entrant à droite, représente l'Été sous la figure de Cérés, avec quelques moissonneurs.

Dans le deuxième Tableau, Vulcain forgeant des traits pour l'Amour, par ordre de Vénus.

Au troisième, le Soleil, accompagné des quatre Saisons et des Heures, sous des figures de femmes, parcourt le Zodiaque. Phaéton à ses pieds le supplie de lui donner son char à conduire.

On voit dans le quatrième, la cabane de Philémon et Baucis changée en temple, pour les récompenser d'avoir donné l'hospitalité à Jupiter et Mercure sous des figures humaines, et les habitans de Phrygie submergés pour avoir repoussé ces dieux voyageurs.

Vis-à-vis de ce Tableau, du côté de la Cour Ovale, est le festin des nôces de Thétis et de

Pelée, où la Discorde, pour se venger de n'avoir point été invitée, sème la division par une pomme d'or qu'elle jette sur la table, pendant que les Dieux et les Déesses sont occupés du petit Momus, leur bouffon, qui les divertit.

Le sixième représente une récréation des Dieux, devant lesquels dansent les trois Grâces.

Le Parnasse, ou Apollon, et les neuf Muses, avec leurs attributs, font le sujet du septième.

Le huitième est une représentation des effets du vin, sous la figure de Bacchus au milieu de sa Cour, composée de Satyres, de lions et de léopards.

Les voûtes ou arcades des croisées sont aussi ornées de plusieurs Tableaux à fresque, peints par les mêmes maîtres.

A la première croisée, en entrant à gauche, sont représentés :

1.º Neptune, dieu de la mer. 2.º Bacchus, dieu de la Vigne, avec des enfans qui portent des fruits. 3.º Un Amour qui joue dans l'air. 4.º Bacchus avec des Naïades. 5.º Thétis, déesse de la mer.

Deuxième croisée. 1.º Jupiter, couché, tenant

sa foudre en main. 2.° Deux nautonniers au repos. 3.° Mars, dieu de la guerre. 4.° Un vieillard assis avec un jeune homme. 5.° Junon, épouse de Jupiter.

Troisième croisée. 1.° Le dieu Pan. 2.° Comus, dieu des danses et des festins nocturnes, tenant un flambeau en main. 3.° L'Abondance. 4.° Esculape, dieu de la Médecine, ayant sous ses pieds une baguette entourée d'un serpent. 5.° Cérés, couronnée d'épis et tenant une corne d'abondance.

Quatrième croisée. 1.° Hercule, couché. 2.° Caron, ayant à ses pieds Cerbère, chien à trois têtes, qui garde les Enfers. 3.° Le Sommeil, sous la figure d'un vieillard endormi. 4.° Saturne, dieu du Temps et de l'Astronomie. 5.° Déjanire, femme d'Hercule, tenant dans ses mains la tunique empoisonnée qui causa la mort de ce héros.

Hercule, ayant vaincu le fleuve Achéloüs, épousa Déjanire, fille d'OEnée, roi d'Etolie; et l'emmena. Lorsqu'il fut près du fleuve Evène, le centaure Nessus lui offrit de la porter de l'autre côté; mais Hercule s'étant aperçu que Nessus, trop sensible aux beautés de Déjanire, voulait l'enlever, le perça d'une flèche dont les blessures étaient incurables. Le Centaure, pour se venger en mourant, donna sa tunique à Déjanire, en lui assurant que, par son moyen, elle fixerait à jamais le cœur d'Hercule. Ce héros ayant un jour laissé échapper quelques marques de tendresse pour la jeune Iole, Déjanire envoya à son époux volage cette fatale tunique, qui le brûla d'un feu si dévorant qu'il se donna la mort en se précipitant dans les flammes.

Cinquième croisée. 1.º Adonis, au repos de chasse. 2.º Deux vieillards assis tenant conseil. 3.º Un Amour, qui joue dans l'air. 4.º La Vigilance, sous l'emblème d'un coq, aux pieds d'une dormeuse. 5.º Minerve.

Sixième croisée du côté du jardin. 1.º Vénus, déesse des Grâces et des Plaisirs ; et Cupidon, dieu de l'Amour. 2.º Narcisse, s'admirant dans une fontaine. 3.º Enlèvement de Ganimède par Jupiter, changé en aigle. 4.º Bellone, déesse de la Guerre. 5.º Mars, endormi.

Narcisse était un jeune homme d'une parfaite beauté, à qui il avait été prédit qu'il serait malheureux s'il venait à se connaître. Se reposant un jour près d'une fontaine et s'y étant regardé, il devint tellement amoureux de lui-même, qu'après s'être long-temps admiré, il mourut de langueur, et fut changé en la fleur qui porte son nom.

Septième croisée. 1.º Une Naïade, qui joue dans l'eau. 2.º Amphion, fils de Jupiter et mari de Niobé, dont Apollon et Diane tuèrent les enfans. L'histoire dit qu'il bâtit les murs de Thèbes avec les accords de sa lyre, et que les pierres, touchées de son harmonie, se rangeaient d'elles-mêmes. 3.º Vulcain, tenant un filet ou rets, symbole de la Surprise. 4.º L'Assurance, sous l'emblème d'un jeune homme et d'un vieillard couchés sur une lionne. 5.º Neptune, assis sur un Dauphin.

Huitième croisée. 1º Hébé, déesse de la jeunesse, ayant une coupe en main et plusieurs vases pour servir à boire aux dieux. 2.º La Résolution, sous l'emblème de deux vieillards assis, qui viennent de prendre un parti. 3.º Janus, roi d'Italie, tenant un flambeau en main. 4.º Des Nymphes et des Naïades. 5.º Bacchus, au milieu de vases et de corbeilles de raisins.

Neuvième croisée. 1.º Cybelle, femme de Saturne, représentant la Terre sous la figure d'une femme ayant sur la tête un château fort. 2.º Mars et Vénus. 3.º Hyménée, dieu des Nôces, un flambeau en main. 4.º Cupidon et un Amour, dormant près d'une Nymphe désolée. 5.º Saturne, endormi.

Dixième croisée. 1.º Flore, déesse des Fleurs. 2.º Morphée, dieu des Songes, ayant près de lui le Sommeil couché au milieu de pavots. 3.º Jupiter sur son trône. 4.º L'Hiver, sous la figure de deux vieillards tenant à la main des vases de feu. 5.º Vulcain, forgeron des Dieux, couché près de son fourneau.

Le tableau qui est à droite de la cheminée représente, dit-on, FRANÇOIS I.er tuant un sanglier qui causait de grands dégats dans les campagnes environnant la forêt de Fontainebleau. Au-dessous est une Diane. Dans le tableau à gauche, on voit un gentilhomme qui, condamné à mort et espérant ou sauver sa vie, ou la finir plus honorablement, a obtenu de combattre un loup-cervier qui, ayant choisi la forêt de Fontainebleau pour retraite, parcourait en plein jour les campagnes environnantes et avait déjà dévoré un grand nombre de personnes. Ce courageux gentilhomme fut vainqueur et obtint sa grâce; au-dessous de ce tableau est une Diane au repos. (C'est le portrait de DIANE DE POITIERS.)

Dans le fond de la Salle au-dessus de la tribune qui est en menuiserie à parquets dorés, chargée des mêmes armes que le plafond, un grand tableau, peint aussi à fresque, représente un Concert composé de tous les instrumens de musique connus dans ce temps-là; près de l'orchestre, des Nymphes dansent en rond avec un Amour.

La cheminée de la Salle de HENRI II est tout-à-fait en harmonie avec le reste de sa décoration. Le milieu, d'ordre ïonique, est orné d'un grand cartouche rempli des armes de France entourées de festons, de guirlandes de fleurs et surmontées d'un croissant, chiffre de HENRI II, son fondateur. Dans l'ordre dorique sont des croissans, des palmes, des branches de laurier et autres attributs couverts de dorures au milieu de couleurs variées. Des Satyres de bronze, de huit pieds de haut, chargés de corbeilles de fruits du même métal, supportaient autrefois cette vaste cheminée. En 1793, ils ont été enlevés pour être convertis en armes de guerre, ou en monnaie de billon; sous l'Empire, ils ont été remplacés par les deux colonnes cannelées en stuc, que nous voyons aujourd'hui. Cette cheminée est l'ouvrage du sculpteur Guillaume Rondelet, qui, sous les ordres du célèbre Philibert Delorme, surintendant des bâtimens de François I.er et de Henri II, acquit une réputation bien méritée.

Le plafond est composé de vingt-sept caissons octogones, concaves, dans lesquels sont en relief sur fond d'argent et or, aux uns les chiffres de Henri II, aux autres des rosaces et croissans entrelacés, et deux grands cartouches sur lesquels on lit cette inscription : *donec totum impleat orbem.* La tribune est tout-à-fait en rapport avec le plafond ; il en sera de même du lambris qu'on a été forcé de rétablir à neuf et au-dessus duquel sont, dans des encadremens de stuc, des trophées d'armes peints à fresque et se mariant avec les peintures qui les surmontent. Enfin, un parquet d'un nouveau genre viendra bientôt compléter la décoration de la Salle de Henri II qui sera, sans contredit, l'une des plus belles Galeries qu'on puisse voir en ce genre, en même temps qu'elle aura conservé le caractère de l'époque de sa construction et le cachet des artistes qui y ont travaillé.

PORTE - DORÉE.

En passant de la Cour Ovale à l'avenue de Maintenon, la vue et l'imagination sont frappées des jolies peintures et des riches décors d'un beau portique ayant une longueur d'environ quinze mètres, sur une largeur de six. Ces ornemens magnifiques lui ont fait donner le nom de *Porte-Dorée.*

Ce passage est séparé en deux parties inégales par un des gros murs qui supportent le Pavillon, et dans lequel une baie a été pratiquée pour recevoir une grande porte, que les chiffres sculptés sur les panneaux supérieurs indiquent être du règne de Louis XIV. Tout fait croire que les constructions de cette partie du Château ont été exécutées de prime abord sous François Ier. Il en est de même des peintures qui rappellent le pinceau sévère de Rosso, vulgairement nommé maître *Roux.* Depuis long-temps elles étaient presqu'entièrement oubliées, à peine apercevait-on çà et là quelques restes de couleurs. Le roi Louis - Philippe, frappé de l'idée originale qui avait donné naissance à ces fresques, en décida la restauration et en confia le soin à M. Picot,

dont il avait apprécié le mérite en faisant placer
dans la Galerie du Palais-Royal un tableau de
sa composition. Le peintre semblait avoir tout
à faire, au premier coup d'œil on l'eût cru;
mais il en était autrement. L'enduit, ou le
mortier sur lequel s'applique la peinture était
entier dans la première partie du portique, en
sorte que le trait a été retrouvé presque partout.
Dans la seconde, les deux tableaux de droite et
de gauche avaient entièrement disparu ; tout
était à faire. Au moyen de gravures retrouvées
après beaucoup de recherches, M. Picot, fidèle
aux recommandations du roi, a, pour ainsi dire,
calqué ces dessins sur le mur; puis, s'emparant,
si j'ose m'exprimer ainsi, du pinceau de Rosso,
il a fidèlement rendu ces compositions dont le
peintre italien fut l'auteur.

DESCRIPTION.

Le 1er Tableau de la voussure, en sortant
de la Cour Ovale, représente Céphale enlevé
par l'Aurore, le Sommeil le couvre de ses ailes ;
le second, les Titans foudroyés par Jupiter.

Le 1.er à droite, représente le départ des

Argonautes pour la conquête de la Toison d'or;
le 2.ᵉ, Titon et l'Aurore.

Dans le 1.ᵉʳ de gauche, on voit une Diane
réveillant Endymion endormi ; et dans le second,
Pâris, blessé par Pyrrhus au siège de Troye.

Il n'y a que deux Tableaux dans la seconde
partie de la Porte-Dorée ; ils étaient totalement
détruits, et sont l'ouvrage de M. Picot, qui les
a peints d'après les anciennes gravures.

Le Tableau de droite représente Hercule,
habillé en femme par Omphale; celui de gauche,
ce Dieu de la Force dans les bras de la Vo-
lupté, dont un Génie vient le retirer en
l'éclairant avec le flambeau de la Sagesse.

Le plafond de cette partie de la Porte-Dorée
est à surface plane, recouverte d'encadremens
et de moulures rechampis en or.

Au-dessus de la porte, dans un Médaillon
que supportent deux grandes figures allégoriques,
se trouve l'emblème de l'époque où ce beau
portique a été construit et décoré: c'est une
Salamandre dans les flammes; elle forme la
devise de FRANÇOIS I.ᵉʳ, celle que l'on voit le

plus fréquemment dans le Palais de Fontainebleau, dont ce prince pourrait, à juste titre,
être considéré comme le véritable fondateur.

ESCALIER DU ROI ,

AUTREFOIS

CHAMBRE DITE D'ALEXANDRE OU DE LA DUCHESSE D'ÉTAMPES.

FRANÇOIS Ier, en faisant construire le Pavillon
de la Porte-Dorée, n'y avait fait établi qu'un
seul escalier qui porte encore aujourd'hui le
nom de ce monarque ; il est à gauche et conduit directement à la Salle de HENRI II. Sous
LOUIS XV, un second escalier fut percé à droite;
pour cela il fallut détruire une chambre magnifique, artistement et richement décorée dans
le style du seizième siècle. Les ornemens
de cette belle Pièce ont été conservés ainsi
que les peintures. Elles se composent de quatre
grands Tableaux, d'autant de médaillons, ouvrage du Primatice et de Nicolo dell'Abbate.
Ces tableaux représentent quelques traits de
la vie d'Alexandre-le-Grand. Ils sont peints à
fresque, entourés d'encadremens dorés et ac-

3

compagnés de grandes figures en relief et en stuc, ainsi que de divers attributs y ayant rapport. Jusqu'au règne de Louis XV, ces cariatides restèrent dans une nudité complète : ce ne fut qu'à cette époque, et par les ordres de la reine Marie Leczynska qu'elles reçurent les draperies que nous voyons aujourd'hui et qui sont en plâtre. Les peintures, aussi originales que toutes celles qui nous restent de ce temps-là, étaient en grande partie détruites ; le tableau de gauche, en descendant l'escalier, n'existait plus ; l'enduit était tombé et avait été remplacé par du plâtre : il en était de même des deux médaillons qui accompagnent ce tableau. Quant à ceux qui sont à droite et au fond, il ne restait plus que de légères parties de peinture ; on apercevait seulement éparses quelques couleurs nuancées, pâles et noircies par le temps, mais le trait était conservé presque partout.

M. Abel de Pujol, auteur de la moitié des peintures de la Galerie de Diane, qu'il a faites alternativement avec M. Blondel; M. Abel, dis-je, que ses grands travaux et sa belle réputation viennent de conduire à l'Institut, fut appelé par le roi Louis-Philippe pour exécuter cette restauration difficle. Il s'est acquitté de son mandat avec distinction : les peintures qui étaient totalement détruites reparaissent calquées, pour ainsi dire, sur les gravures qu'il a retrouvées; celles dont le trait était conservé revivent déjà : le tout forme un ensemble parfait et d'un grand effet. Mais ce qui doit en rehausser la beauté, ce qui va compléter l'œuvre commencée, c'est la décoration d'un plafond nouvellement construit en forme de dôme, remplaçant celui qui existait autrefois, dont la surface était plane et sans aucun ornement : l'apothéose d'Alexandre sera peinte sur ce plafond par M. Abel de Pujol, qui déjà en a fait le dessin. Ce grand tableau représentera Alexandre-le-Grand, monté dans un char de triomphe supporté par les nues. Le héros macédonien, la foudre en main, ainsi que le peint Apelle, se présente avec tout le fracas de la guerre, renverse les peuples qui veulent lutter contre lui et s'opposer à l'agrandissement de sa puissance.

DESCRIPTION.

1.er Médaillon au-dessus de la porte d'entrée des Appartemens du Roi. — Alexandre domptant le cheval Bucéphale.

Tableau à la suite. — Alexandre offrant à Campaspe une couronne. L'Hymen éclaire les deux amans, et des Amours président à la toilette de la belle courtisanne.

2.ᵉ Médaillon. — Timoclée, dame Thébaine, ayant été outragée par un capitaine de l'armée d'Alexandre, le précipita dans un puits au moment où elle lui montrait que là était caché son argent. Arrêtée et conduite devant Alexandre, sur le récit qu'elle fit de son injure et de sa vengeance, elle reçut de ce héros des éloges au lieu du châtiment que les gens de sa suite espéraient lui faire infliger.

1.ᵉʳ Tableau du fond. — Il représente le disciple d'Aristote faisant renfermer précieusement dans une boîte les œuvres d'Homère, et rendant ainsi au chantre d'Achille et d'Ulysse l'hommage qu'il mérite à tant de titres.

2.ᵉ Tableau. — La belle Thalestris, reine des Amazones, émerveillée des hauts faits du conquérant de l'Inde, a quitté son royaume pour venir le visiter, et va lui donner des preuves de l'amour qu'il lui a inspiré.

1.ᵉʳ Médaillon en retour. — Alexandre coupant le Nœud-Gordien.

Tableau du milieu. — Il représente un festin où figure Alexandre, dont on ne voit que le visage et la coiffure.

2ᵉ Médaillon à la suite. — Alexandre fatigué de Campaspe, sa maîtresse, la donne au peintre Apelle.

SALLE DES GARDES,

ou

FOYER DU THÉATRE.

J'arrive à la description d'une Salle magnifiquement ornée ; j'y trouve deux sortes de décorations. Il semblerait que la Monarchie ancienne vient donner ici la main à la Monarchie nouvelle. Toutes deux y sont artistement mariées. Il y avait cependant de grandes difficultés à vaincre pour obtenir un résultat aussi satisfaisant, former un ensemble aussi complet, aussi parfait, et parvenir à lier entr'eux des ornemens exécutés à des époques si différentes. Le peintre décorateur, faisant un grand effort de génie, en est venu à bout.

La Salle des Gardes, véritable foyer du théâtre,

porte en effet le cachet des temps anciens et des temps modernes. La disposition de son plafond à poutres et solives apparentes, couvertes de peintures arabesques, de cartelles, avec les chiffres couronnés de Henri IV, de Louis XIII et d'Anne d'Autriche, semblerait faire croire qu'elle a été destinée d'abord à recevoir des ornemens plus nombreux que ceux que nous avons vus. La frise qui se dévelope au-dessous du plafond dans une largeur d'environ 20 pouces, en est assurément la preuve. Mais ce qui est positif, ce qui est connu de tout le monde, c'est que cette frise et le plafond étaient les seules décorations de la Pièce, et que tout le reste appartient à notre époque.

Au mois de février 1834, la Salle des Gardes était à peine remarquée : la décoration de son plafond avait disparu en grande partie : on n'apercevait plus çà et là que quelques nuances de couleurs clair-semées : les ornemens sur carton étaient pour la plupart en lambeaux : la frise était cachée par une mauvaise tenture : on ignorait même qu'elle existât, et on n'a pas été peu surpris, en arrachant la toile qui la recouvrait, de trouver, sous sa teinte enfumée, des trophées, des débris d'armures peints à l'huile sur un fond d'or.

Par sa position et son voisinage des pièces que nous venons de décrire, la Salle des Gardes ne pouvait être oubliée dans les grands projets de restauration et d'embellissement conçus par le roi LOUIS-PHILIPPE. Aussi, dès les premiers jours de 1834, l'architecte eût ordre de rédiger un plan et de le calculer de manière à harmoniser la décoration du plafond et de la frise avec les nouveaux ornemens que le Roi avait l'intention d'y introduire. Ce plan, approuvé par Sa Majesté, ne tarda pas à être mis à exécution. M. Mœnch, peintre décorateur justement renommé, fût chargé de ce travail important. Cette mission délicate, il l'a parfaitement remplie; le plafond ainsi que la frise sont aujourd'hui comme au temps de LOUIS XIII, et la décoration du lambris, tout entière de la composition de l'artiste moderne, semble appartenir à la même époque.

L'ancienne boiserie de cette Salle était de la plus grande simplicité et sans le moindre ornement. Des tableaux, représentant les chasses de LOUIS XV, remplissaient le vide depuis la corniche jusqu'au plafond. Ils sont aujourd'hui remplacés par une riche tenture imitant les cuirs de Venise ; elle est couverte de décors en *sali d'or*, et encadrée d'une bordure en relief, avec ornemens dorés sur fond blanc. Au milieu, du côté des Appartemens et de la Salle de Spectacle, deux grandes armoiries supportées chacune par deux figures allégoriques en coloris, contiennent les chiffres de ses fondateurs, Louis XIII et Louis-Philippe. Ces armoiries sont accompagnées de dix cartouches répartis sur les quatre faces, et servant à indiquer, au moyen des anagrammes peints dans l'écusson, à quel règne, à quel prince ou princesse, a rapport la décoration emblématique du lambris.

DESCRIPTION.

Les panneaux de la boiserie sont couronnés d'une frise dont les ornemens peints sur fond d'or, représentent les attributs des Sciences, des Arts, de l'Industrie et du Commerce, entrelacés de guirlandes de lauriers et de fruits supportées par des enfans. Il en est de même du chambranle. Ces décors en coloris sont d'une grande richesse, d'une belle exécution et d'un fini parfait.

Au-dessus des cinq portes vraies ou figurées, et dans cinq médaillons ou camées, sont représentés : 1.º François I.ᵉʳ ; 2.º Henri II ; 3.º

Antoine de Bourbon, père de HENRI IV; 4.° le
Roi chevalier; 5.° Louis XIII. Ces portes sont dé-
diées à la mémoire des souverains qui ont plus ou
moins travaillé à l'agrandissement du Palais de
Fontainebleau, qui l'ont embelli et y ont inscrit
leurs noms en caractères ineffaçables. C'est un ré-
sumé ingénieux de l'histoire de chacun d'eux sous
des figures allégoriques, des chiffres, des emblèmes, des devises, rappelant leurs siècles et les
principaux faits qui rendent leur époque intéres-
sante.

Chaque porte, ainsi que chaque encadrement
qui l'accompagne, est divisée en deux comparti-
mens égaux séparés par une petite frise. Sur le
panneau supérieur sont des figures allégoriques,
des portraits, des armoiries, dans des médaillons
richement ornés d'emblèmes, avec des devises ana-
logues au sujet représenté. Sur le panneau du bas,
sont alternativement des trophées d'armes et des
chiffres. Tous ces décors en *sali d'or* font à l'œil
l'effet de véritables bas-reliefs.

Côté des Appartemens. — Première porte consacrée à la mémoire de FRANÇOIS I.er, ainsi que
l'indique son portrait, dans le camée qui est au-
dessus.

Médaillons du milieu : les deux figures allégoriques représentent : l'une, les Beaux-Arts ; et l'autre,
la Force.

Dans les trois panneaux qui accompagnent cette
porte, et qui rappellent quelques parties de l'histoire de François Ier, il y a d'un côté, à gauche,
le chiffre de ce Prince, entrelacé avec celui de la
reine CLAUDE DE FRANCE ; à côté, le portrait du
héros de Marignan, dans un médaillon supporté
par deux Salamandres, avec cette devise : *Nutrisco
et extinguo* (je m'y nourris et je l'éteins) ; dans le
panneau, à droite, les anciennes armes de France,
avec le chiffre de François Ier ; au-dessus est une
Salamandre.

Deuxième porte dédiée à HENRI II, comme l'indique son portrait.

Médaillons du milieu : d'un côté, Diane, chas-
seresse ; de l'autre, la Libéralité.

Sur les deux encadremens qui accompagnent
cette porte, sont : dans le premier, le portrait de
ce Prince, surmonté de croissans ; dans le second,
le chiffre de CATHERINE DE MÉDICIS ; au-dessus, la
Vénus de ce nom, et au-dessous, les armes de
la maison de Médicis.

Troisième porte, à gauche de la cheminée ; elle

est dédiée à Antoine de Bourbon, duc de Vendôme, père de HENRI IV.

Médaillons du milieu : d'un côté, l'Abondance ; de l'autre, l'Espérance.

Dans les encadremens qui accompagnent cette porte, sur la partie gauche, sont : sur celui du milieu, le portrait du héros des Andelys ; sur celui de droite, son chiffre, avec les armes de Vendôme ; et sur celui de gauche, l'anagramme de Jeanne d'Albret, avec les armes de Navarre.

Côté du Théâtre. — Quatrième porte dédiée à HENRI IV, ainsi que l'indique le camée qui est au-dessus.

Dans les panneaux sont : d'un côté, la Gloire avec ses attributs ; de l'autre, la Paix, avec les emblêmes des Arts, du Commerce et de l'Industrie.

Six encadremens accompagnent cette porte ; leur décoration est consacrée à HENRI II et à CATHERINE DE MÉDICIS.

Dans le médaillon du premier, près de la cheminée, le chiffre du Roi et de la Reine, avec cette devise : *Fulgenti diademate partus* (enfant d'un brillant diadême) ; dans le second, le portrait de MARIE DE MÉDICIS, avec la devise : *Nunquam sub mole fatescit* (elle ne succombe pas sous le faix); dans le troisième, les mêmes chiffres qu'aux premiers, avec ces mots : *Umbras lux recta fugat* (sa droite lumière dissipe les ombres). Dans le premier, du côté du théâtre, le même chiffre; dans le second, le portrait de HENRI IV, surmonté de deux Renommées en coloris; et dans le troisième, les mêmes chiffres, avec ces mots : *Nitet atque serenat* (il brille et il appaise).

Cinquième porte dédiée à LOUIS XIII.

Médaillons du milieu : à gauche, la Justice; à droite, la Religion.

Dans le premier encadrement qui suit, le chiffre entrelacé d'ANNE d'AUTRICHE et de LOUIS XIII, avec cette exergue : *Ad spem, spes addita Gallis* (espérance nouvelle unie à l'espoir de la France); dans le second, le portrait du roi LOUIS-LE-JUSTE, une balance au-dessus, avec ces mots : *Sub Justo temperat orbem* (sous un Roi juste, elle tient le monde en équilibre); et au-dessous : *Nec me monstra morantur* (les monstres même ne sauraient m'arrêter); dans le troisième, le chiffre entrelacé; dans le quatrième, le même chiffre, surmonté d'un épervier, avec cette exergue : *Aquilis generosior ales* (oiseau plus généreux que les aigles); dans le cinquième, le portrait d'ANNE d'AUTRICHE; dans le sixième, des chiffres entrelacés; au-dessus, *Mus ponticus* (l'hermine), avec ces mots : *Incontaminatis fulget honoribus* (elle brille d'un pur éclat); au-dessous, un arbre et une serpe avec ceux-ci : *quondam rescissa virescit* (coupé, il reverdit); dans le septième, les armes de France et de Navarre, au milieu d'un médaillon entouré des mots *Ludovicus Justus, Gallorum rex* (Louis-le-Juste, roi des Français); dans le huitième, le portrait du roi LOUIS-PHILIPPE; dans le neuvième, le chiffre entrelacé de S. M. la Reine des Français.

La métamorphose que vient de subir la Salle des Gardes n'eut point été complète, si une Cheminée dans le style des époques si bien caractérisées par la décoration, n'était venue s'harmoniser avec elle. Le roi LOUIS-PHILIPPE dont le bon goût et l'expérience ne se démentent jamais, a eu l'heureuse idée d'en faire construire une avec les fragmens de celle qui, autrefois, à cause de sa masse imposante et de sa riche structure, avait donné le nom de *belle cheminée* à cette vaste pièce de 120 pieds de long, sur 30 de largeur, que la Salle de Spectacle a remplacée au commencement du règne de LOUIS XV. Les précieux restes de cette Cheminée en marbre blanc avec des bas-reliefs d'une entière perfection, étaient depuis lors relégués dans un magasin. Il n'en restait plus que l'encadrement si artistement sculpté, qui entourait une *basse-taille*, où étaient représentées la bataille d'Ivry et la redtion de Mantes, le portrait de HENRI IV à cheval en demi-relief et les deux grandes statues qui l'accompagnaient de chaque côté. Mais la place manquait pour exposer sur le même point ces magnifiques ornemens. Il a donc fallu les séparer. Le HENRI IV à cheval a été élevé dans le Salon *dit* de SAINT-LOUIS, sur une vaste cheminée en marbre royal, et y produit le plus grand effet. Dans la Salle des Gardes, un soubassement tout entier était à faire pour poser le riche encadrement et supporter les deux statues. Ce soubassement, d'une élégante composition et d'un fini parfait, se lie à merveille avec les décorations anciennes; il se compose d'une frise faisant chambranle, supportée par des montans ornés de guirlandes, avec des figures antiques en bas, et des chimères dans le haut. Cette frise est couverte de bas-reliefs, consistant en guirlandes de fleurs et de fruits soutenues par des enfans. Au milieu est une armoirie portant le chiffre de S. M. LOUIS-PHILIPPE. Les deux statues la Force et la Paix, avec chacune leurs emblêmes, font un des principaux ornemens de cette belle Cheminée; elles sont posées sur des piédestaux revêtus de décors, au milieu desquels est le chiffre de HENRI IV. Un cadre nouveau, avec un ovale, contenant le buste du bon Roi, remplace la basse-taille qui représentait la bataille d'Ivry et la prise de Mantes. Les belles sculptures du grand enca-drement, ouvrage du fameux Jaquet *dit* Grenoble, représentent, sur la partie inférieure, un fleuve sous la figure de deux enfans versant de l'eau ; des Tritons et chevaux marins sont au milieu. Des deux côtés, sont les quatre Saisons de l'année avec leurs attributs. Dans la partie supérieure, les armes de France supportées par des enfans ; le tout, sur-monté d'une corniche en marbre blanc, qui y a été ajoutée, et dont le travail est nouveau.

Cette belle Cheminée, qui est peut-être l'unique en son genre, a 17 pieds de haut sur 12 pieds de largeur, et 2 de saillie, dans son plus grand développement.

PAVILLON DE L'ÉTANG.

Ce Pavillon s'élève au milieu de la pièce d'eau *dite* de l'Étang, sur une terrasse en gresserie de forme *polygonale*, entourée d'une rampe en fer.

Sous l'Empire il avait fallu le réparer, car il était presque détruit, et l'Empereur avait profité de cette circonstance pour l'embellir. Depuis cette grande époque, le Pavillon de l'Etang, faute d'avoir été entretenu, menaçait ruine de nouveau. Le roi Louis-Philippe, dans les premiers jours de 1834, en a ordonné la restauration. La terrasse a été rétablie d'une manière très-solide et promet une longue durée. Dans l'intérieur, les boiseries étaient vermoulues et les peintures en grande partie effacées. Sur les pilastres et dans les chambranles des croisées, ainsi qu'au plafond, les arabesques si remarquables par le bon goût qui a présidé à leur composition, les oiseaux et les insectes en coloris, qu'au premier coup-d'œil on croirait être pleins de vie, ont reparu sous le pinceau léger de M. Mœnch qui s'est appliqué à leur rendre tout leur éclat, et a réussi à leur conserver le caractère de leur époque. C'est un hommage que ce peintre décorateur aura rendu à son père, que Napoléon avait chargé d'orner le plus élégamment possible ce joli pavillon qui faisait ses délices.

PREMIER SALON DE RÉCEPTION

LES APPARTEMENS DE S. M. LA REINE.

Cette Salle vient d'être décorée d'un plafond en sapin du Nord, construit dans le genre de celui de la belle Galerie de HENRI II ; mais dans des proportions et sur des modèles tout-à-fait différens.

Il est formé de caissons octogones, assemblés à la manière des corniches volantes, c'est-à-dire offrant le plus de surface avec le moins de bois possible. L'architecte, M. Dubreuil, qui en a donné les dessins, avait à lutter contre une difficulté dont il s'est tiré très-habilement.

Cette difficulté naissait de l'inégalité des deux poutres transversales et de leur intervalle, qui ne permettaient pas une division exacte des caissons. On y a obvié en revêtant les poutres et en simulant une partie des corbeaux qui les soutiennent, en *tapées* de bois adaptées sur la pierre et portant les profils accordés.

Les caissons octogones sont au nombre de cinquante-trois, attendu que la saillie du corps de la

4

cheminée occupe la place de trois. Au centre de chacun d'eux, est une rosace en pâte de carton ; et dans les intervalles des pans sont des caissons carrés assemblés en contrebas, et portant chacun un cul-de-lampe également en carton. Tout ce plafond est soutenu avec des vis fixées dans une charpente en sapin, disposée en chassis d'assemblage.

La décoration de cette pièce est tout-à-fait en rapport avec le plafond. Des chambranles et des encadremens en carton d'un style correspondant, des tapisseries anciennes, tout enfin concourt à faire croire qu'elle est d'une époque bien éloignée de nous.

À côté, entre le Salon de la Reine et la Galerie de Diane, de petites pièces avec entresol, servant autrefois à des logemens pour les personnes du service de S. M., viennent d'être détruites et remplacées par une jolie Salle élégamment décorée et ornée de dorures d'une grande légèreté, d'un bon goût et dans le style du règne de Louis XV. Au moyen de ce changement si bien conçu, on peut aller aujourd'hui directement des Grands Appartemens à la Galerie de Diane, qui par là s'y trouve complètement réunie.

La description des principales additions et

restaurations faites au Palais de Fontainebleau depuis l'année 1833 pourrait finir ici ; mais il me reste encore un si grand nombre de travaux importans et avantageux à signaler, tant d'améliorations introduites à faire connaître, que je crois devoir les indiquer sommairement, ne fut-ce que pour consigner ici qu'ils sont du même temps ; que c'est d'après les ordres et sur des plans approuvés par le roi Louis-Philippe, qu'ils ont été exécutés.

1.º Le passage de la Cour des Cuisines à la Cour Ovale. Il traverse toute la descente qui mène au Parterre. Sa longueur est de cinquante-deux pieds ; sa largeur de huit. Il aboutit dans le Pavillon des Dauphins, au pied d'un grand escalier nouvellement construit aussi dans toute la hauteur, et servant à conduire dans les cinq étages de ce vaste bâtiment.

2.º L'ouverture d'une pièce souterraine sous la Chapelle Saint-Saturnin, qu'elle contribue à assainir et à rendre moins humide. Dans cette pièce, un grand poêle calorifère, destiné à chauffer la Salle Louis-Philippe, la Galerie de Henri II et les pièces adjacentes, a été établi : c'est tout-à-fait du *confortable.*

3.° Une Rampe en fer a été posée dans toute la longueur des arcades, à droite et à gauche de la porte de Louis XIII; elle ferme un passage correspondant avec le passage souterrain de la Cour des Cuisines et allant déboucher dans le Pavillon de Henri IV, d'un côté, sur la Cour des Princes, et de l'autre, au pied du grand escalier de la Galerie de Diane.

4.° Dans la Cour des Princes, une amélioration importante mérite d'être remarquée. Une nouvelle façade a été entièrement construite pour ouvrir un couloir intérieur dans toute la partie droite et aux extrémités. Par ce moyen, cette Cour, autrefois irrégulière, a aujourd'hui une forme plus agréable à la vue, en même temps que la nouvelle construction offre un grand avantage pour la circulation qui se fait à couvert. Des appartemens commodes et élégans ont été, d'après cela, disposés au rez-de-chaussée et au premier étage.

5.° Le Pavillon de Noailles, informe construction crevassée et menaçant ruine, a été remplacé par un bâtiment carré dont l'architecture s'harmonise à merveille avec celle de la Galerie de Diane. Dans ce nouveau Pavillon, qui doit porter le nom de son fondateur , un Escalier très - élégant a été établi pour communiquer de la Galerie avec le Jardin. C'est une belle addition à cette partie du Palais, et en même temps une chose dont l'utilité était depuis long-temps reconnue.

6.° La façade de l'extrémité du Jeu de Paume, qui était choquante à la vue, a été faite sur le même modèle que celle du côté du Jardin.

7.° Des Grilles en fer, à piques dorées, ferment actuellement le Jardin du Roi aux deux débouchés des anciens fossés, et le Parterre, à la descente de la Cour des Cuisines , entre les deux nouveaux Corps-de-Garde.

8.° A droite du Fer-à-Cheval , une façade a été élevée sur l'appui de l'ancienne Terrasse, entre le Pavillon des Poëles et le gros Pavillon, pour l'établissement d'une communication à couvert des Grands Appartemens à l'Aile neuve des Princes. Cette nouvelle construction est faite sur le modèle et dans le style d'architecture des bâtimens sur lesquels elle s'appuie, et se lie si bien avec eux, que sans sa teinte neuve on pourrait aisément la croire de la même époque.

9.° La Pièce au-dessus du Fer-à-Cheval a été

rendue tout-à-fait élégante et régulière par trois
ouvertures pratiquées , l'une sur le côté des
Appartemens du Roi , et les deux autres sur
celui des Appartemens du Prince-Royal. Les
trois portes en chêne couvertes de sculptures,
ont été copiées sur celles qui existaient déjà
et qui datent du règne de Louis XIII.

Autour du plafond, une frise en relief et en
plâtre comprend les chiffres de tous les Princes
qui ont attaché leurs noms au Palais de Fontainebleau. Celui de Napoléon n'y est point
oublié, et on peut dire qu'il est là parfaitement
à sa place.

10.° Enfin , au rez-de-chaussée et au premier
étage de la Cour Ovale (côté des Appartemens
de la Reine), deux grandes pièces carrées, servant
d'antichambre, étaient masquées par d'énormes
colonnes d'un mauvais goût ; elles ont été détruites , et de nouvelles poutres en fer ont
été posées dans tous les étages pour soutenir
la masse imposante des bâtimens qui occupent
ce point du Palais.

Le cadre restreint dans lequel je dois me
renfermer, m'empêche d'aller plus loin et d'é-
numérer plus longuement les travaux de toute

nature qui, depuis la fin de 1833, jusqu'à ce
jour, ont eu pour résultat des restaurations remarquables et l'embellissement du Palais. A cela,
je dois ajouter qu'aucun accesssoire n'a été oublié .... négligé. Le Mobilier surtout s'augmente
et s'enrichit d'objets précieux, s'harmonisant avec
les divers caractères d'architecture, les divers
genres de décoration. Un Inspecteur chargé spé-
cialement de cette partie importante, y apporte
des soins assidus. Son goût éclairé, ses con-
naissances dans les arts le rendent digne de la
confiance du Roi, aux idées et aux intentions
duquel il donne suite avec talent.

Les améliorations se répandent au dehors.
Les Jardins et le Parc se ressentent, eux aussi,
de l'auguste impulsion donnée : leur prospérité
s'accroit sous la direction d'un homme à grande
capacité et entre les mains d'un Régisseur dont
le zèle et l'activité s'attachent sans relâche au
développement de ce qui est beau et avantageux
en même temps.

Enfin, les travaux sont en général si bien
ordonnés, si bien dirigés, si bien calculés,
que le Palais qui, comme je l'ai dit en com-
mençant, présente, pendant onze mois de

l'année, l'aspect d'un véritable chantier, reprend spontanément, au mois d'octobre, ses formes brillantes et son éclat primitif. A cette époque, on met la dernière main à l'œuvre : on fait le dernier effort : c'est le prélude d'un voyage du Roi. . . . . . on l'attend . . . . . . il va venir . . . . . . on le verra, LE ROI . . . . . . L'espoir est là : la besogne est facile.

D'augustes personnages étaient, cette fois, appelés de tous les vœux. C'eût été un épisode de plus pour cette résidence royale où tout est *souvenir*. Nous ne perdons cependant pas encore l'espoir d'inscrire, cette année, aux pages de l'histoire de Fontainebleau : *Le Roi et la Reine des Belges sont venus visiter ce Palais, et y admirer, au milieu de l'héritage de tant de siècles, les glorieux monumens légués à la postérité par le Roi des Français.*

FIN.